KB003031

더 이상 부르지 않은 이름

더 이상 부르지 않은 이름

초판1쇄 찍은 날 | 2021년 6월 24일
초판1쇄 펴낸 날 | 2021년 6월 28일

지은이 | 박연수
펴낸이 | 송광룡
펴낸곳 | 문학들
등록 | 2005년 8월 24일 제2005 1–2호
주소 | 61489 광주광역시 동구 천변우로 487(학동) 2층
전화 | 062-651-6968
팩스 | 062-651-9690
전자우편 | munhakdle@hanmail.net
블로그 | blog.naver.com/munhakdlesimmian

ⓒ 박연수 2021
ISBN 979-11-91277-15-9 03810

문학들 시인선 007

박연수 시집

더 이상 부르지 않은 이름

문학들

시인의 말

한 문장을 들고 찾아온 당신
모든 문장으로도 담을 수 없는 당신
더 이상 부르지 않았던 이름

내가 우니 그가 울었다

2021년 여름
박연수

차례

제1부 더 이상 부르지 않은 이름

제2부 이야기의 국경

제3부 문장의 영혼

제1부

더 이상 부르지 않은 이름

더 이상 부르지 않은 이름

자주 부르던 이름을 더 이상 부르지 않을 때

언어가 잘렸다
잃어버린 언어에 잃어버린 세계가 있었다

잘린 문장 하나가 내 삶을 잘랐네

상실

우린 모두 중앙을 향해 달리지만
바닥을 보면서 걸었다

그 길에서 아무것도 찾지 못할 거야
마녀를 빠져나온 우리들은 가난해진다

부의 유혹이 우리를 담보했지만 우린 몰살이라든지
자폭이라든지 그런 언어를 애써 갈아탔다

상실이라는 독백도 하찮아지는 연대기에
우린 서로의 꼭대기를 노려보며
서로의 감정을 빼앗았다

사건이 심장을 통과하면
달라지는 저마다의 음색 사이로
슬픔이 기름때처럼 끼였다

이 세상의 지향을 거슬러
쓸쓸히 돌아가는 먼 길

밀린 그리움, 도끼가 널브러진 마음
마음 마음을 오래오래 걷는다

쓸쓸이 들고 가는 사내

쓸쓸은 기대가 무너지는 날들의 모퉁이
그렇게 모인 것들은 어둠의 매력과 접선한다

쓸쓸이 들고 가는 사내를 뒤쫓자
바위를 열고 들어가는 음지가 보였다
지렁이 같은 날들이지만 밥도 먹고 잠도 자며

잠이 오는 아침 아침을 들고 나가는 이들 틈에
냄새와 허름한 모양새로 눈들을 때리지도 않았다
어슬렁거리고 나오자 발들이 길을 돌리며
거리가 비워졌다 쓸쓸한 풍경을 먹는다

쓸쓸한 것들이 자주 모여 다투는 쓰레기장 옆
허름한 술판이 벌어지는 한 평 남짓의 스비에타 집

살인 사건이 났으나 쓸쓸했으므로 뿔뿔이 흩어졌다
쓸쓸이 그를 데려갔다 생각했으므로
잠시 눈물을 훔쳤을 뿐이다
쓸쓸이 피를 흘릴 수 있다는 것을 배웠을 뿐

무력했으므로 쓸쓸을 버리지 못했다

며칠 동안 이곳에 오지 않았다
쓸쓸은 밖을 배회하다 발목이 붓는다
음지에서는 쓸쓸한 밥들이 썩는다
쓸쓸한 붕괴를 견디며 바위를 연다
습지가 지렁이를 치운다
어둠과 접선한 것들이 내일을 기어간다

쓸쓸한 것들은 고통의 무게를 압축한 것들이라
술이 몸을 풀 때, 과장이거나 고장이거나
밤새 술잔이 오가는 꿈을 때리는 밤들

스비에타가 안주를 찾아 쓰레기통을 뒤졌다
썩은 양파들이 물컹거리자 몇 개의 양파를 가려냈다
썰자마자 순식간에 빈 접시

다른 쓸쓸이 또 쓰레기통을 뒤적이러 나갔다

빈 들

당신이 느껴지지 않자
난 당신을 떠났다

난 너무 서운하고 슬퍼서 자꾸 빈 들만 바라보았다

당신이 없는 것이
내겐 전 세계가 없는 것이었다

어쩌자고 그 길을 나섰을까?

빈 들에 가득한 당신을 두고

유년

뭉쳐 있는 이야기
한 나라가 들어 있는 유년은
역사를 복사하며 산다

오래 버려진 이야기를 주워 든다

너라는 풍경을 수술하려고 이야기를 수술한다

이야기의 국경에서
수많은 전쟁을 겪는다

유년은
앞날의 계시같이

사춘기

믿었던 것들이 지겨워질 수 있어
지겨운 것이 화를 낼 일은 아니라는 것
반지를 새롭게 끼기 시작한 사람
영혼을 그릴 수 있게 된 손
여운을 언어로 말할 수 있는 감각
우정과 사랑이 혼동되는 격정의 나날

다시 생각하기 시작한
다시 보기 시작한

다시는 그 안으로 들어갈 수 없는
반드시 지나가 버리는 시간

우리가 머문 곳은 골목이었어
무슨 일이 터져도 모두가 다 볼 수 없는 감옥처럼
우린 비밀이 많아졌지만
우리의 비밀은 모두 세상에 알려진 것처럼 평범했지

그러나 우리는 정말 비범하게 사춘기를 통과했어

헤아리지 못한 감정들은 두고 내렸지

꼭 만나러 오려고 우린 서로의 키를 그려 놓았어

소리를 깎는 집

아픈 집들은 몰래 싸웠다

책을 침묵 시키자
작가들이 이마에 띠를 두른 채 구호로 서 있다

언어들이 서서 이야기를 품고 잔다

커튼이 창문에게, 의자가 식탁에게 침묵한다
커피포트는 한 단어로만 말하고
홀로 뜨거워지고 홀로 식는다

아무도 나의 이야기를 기록해 놓지 않았지만
파리들이 윙윙거리며 똥으로 써 놓았다

부엌의 침묵에게 말을 건네면
접시에 담긴 위기가 깨진다

소리가 침묵으로 들어가는 바닥

햇살이 창문을 밀고
서로의 균을 죽인다

빨랫줄에서 낡은 이야기를 걷자
두렵 돈 헌금처럼 모여드는 아이들의 마음

지인에게 부고를 보낸다
답변이 없는 카톡에 엄마만 잔다

그리움이 벽을 치며
바닥을 데우며 천장을 뚫는 밤
소리를 깎는 우리 집

물

눈이 생기는 시간이 가장 아팠다
슬픔은 언제나 새 눈을 만들어 주곤 했다

폭포에 아버지를 구겨 넣어도 떨어져 버린다
물은 모든 끝에서 나를 마중했다

동굴의 물들은 피를 견딘 것이거나
아무도 받지 않는 이야기들이 서로를 토닥거린다

수도꼭지에서
검은 물이 쏟아지는 도시에서 몇 해를 살았다
맑은 물 마시는 것이 작은 일인가?*
글귀에 밑줄을 긋고 울었다

시냇물로 검붉은 시간을
치유하는 사이
내 안의 물들이 너를 향해 질주했다

모든 경계에 물이 있었다
아무도 씻지 않는 곳엔 눈물이 산다

영혼은 마음과 신비가 만나는 지점에서
눈물로 목욕을 했다

눈을 꺼내서 사는 생애 내내
짠한 네 마음을 보았다

눈물은 어제들을 만져 주고 싶은 오늘의 손

손바닥에 길이 생겼다

* 에스겔 34장 18절.

사건

김수영 시인의 술병 안에 우리 가족이 살았다

우리를 손잡아 주지 않은 수상했던 사랑

우리는 투명했고 형체도 없었다
병이 깨질 때
유리로 땅을 안았을 뿐

우리의 임무는
술병 안에 우리가 산다고 말하지 않는 것

세상의 모든 아침은
우리를 잠시 쉬게 하는 시간이지만
여전히 엄마는 아프고 사건은 운다

병뚜껑이 열릴 때 엘리엇 무녀*처럼 작아져
밖으로 나갈 것이다

그 날의 술병 밖으로

그 날의 사건 속으로

* T. S. 엘리어트의 시 「황무지」 중에서.

탈출

아버지 풀을 뜯어 먹고 염소는 낫을 들고 있어요
마음을 뜯어 먹다 남기면

아버지 뒷주머니에서 밤알이 튀어나와
들판에 가을을 풀어요

빈 지게에 스며든 아버지 목소리
아버지가 죽은 밤에 아버지 머리에서 욕이 나갔어요

핏덩어리를 토하던 그 세숫대야는 천국에 가고 없어요
남은 마음이 내 눈 안에 아버지라는 책을 써요

엄마가 죽을 때까지 집을 팔지 마라

둥근 아버지, 오늘 풀을 뜯으시네
마음을 후후 부시네

염소 눈 안까지 들어간 마음이 나를 턱턱 때려요

뜯긴 풀의 허리와 발가락에 피가 나요
반쯤 뜯긴 풀의 심장에서 아버지가 탈출해요

불투명한 시간

버리고 간 마음들이 모인 개 밥그릇에 내가 있었다 아무
도 모르는 비밀을 말아 먹으며 너를 사느라 비좁았다 우리
는 마음의 색깔을 기르느라 위태로웠지만 종일 위험한 내
가 한때 너를 사랑했다 버려진 글로 만든 집 장마 속 홍수
를 버틴 달동네로 살았다 권태가 너저분하게 방에서 뒹굴
면 밖으로 쫓아내곤 하던 나의 악보에 천둥이 소리 질렀다

우린 덜 만들어진 과자처럼 서로에게
맛없었던 기억만 사진에 찍혔다

가난한 사건들이 돌멩이로 뒹구는
길에서 불투명한 시간만 뒹굴었다

마음이 잘린 땅에서

긴 길, 들녘에서 마음을 잘랐던 일
그가 없어진 도시, 이름이 잘린 땅

이야기를 지운 세계

해는 뉘엿뉘엿 넘어가고
우린 어둠이 되는 낡은 목숨으로 연명하며
그늘에서 하나씩 이름을 잃어가겠지

마음이 잘린 땅에서

숨은 물

숨은 물이 우리 안에 산다
숨은 물이 이슬과 시냇물과 비, 바다와 만난다
나의 숨은 물과 하나님의 숨은 물이 만나는 순간
눈물이 시냇물로, 바다로 흐른다
구원의 물을 묻거든 숨은 숨결이 담긴
신비한 물을 주라던 최고의 숨은 물
수천 년을 숨어 계시는 하나님으로 있었던
최고의 숨은 숨결

구원처럼 아름다운 혁명은 없었다

기드온*처럼

이제는 버리고 싶은 책들을 옥탑방 바깥에 두었어요 조금은 아까워서 초봄에 엉뚱한 도박처럼 책 위에 눈이 내리면 그 책을 버리기로

2월 말, 그 맑던 저녁 하늘을 따돌리고

하얀 눈이 책에 앉았지요 당신을 비웃는 온갖 책들이 꽂혀 있는 내 책장에서 거대한 입이 나오는 것을 보았어요 책이 나를 먹었으므로 그것을 토해 내듯이 하얗게 눈이 토해질 때까지 토했지요

젖은 책장에 속죄양 유다를 쓴 시인이

자살하는 밤이 보였어요

* 이스라엘의 사사. 사사기 6:37~40. 하나님이 자신을 부르신 것에 대한 확증으로 양털을 가져와 시험함.

33

산등성이에서 당신과 함께

온몸에 박히는 빛, 장엄한 명령, 저항할 수 없는, 에너지가 뭉친 몸을, 내 맘대로 움직일 수 없는, 거대한 힘이 나를 무릎 꿇게 했지요. 모든 현실이 지워지고, 내 옆에 오신 당신이 그 초저녁에 램프를 들고 오셔서 하마터면 당신의 풍경이 내게 맞지 않아 고개를 돌릴 뻔했지만, 이미 나의 고개는 땅에 떨어지고, 나를 잊어버린 채, 당신의 손을 잡고 산 위의 언덕, 큰 바위 위로 올랐지요. 그리움이라는 언어를 쓰지 않은 유일한 시간이었지요. 난 내 공간이 없이 당신이 마련한 공간으로만 넘나드느라 그리움이라든지 행복이라든지, 의심이라든지, 생각이 들어갈 틈이 없었어요. 모든 생각은 수도꼭지가 잠긴 것처럼 잠기어지고, 나는 저항할 수 없는 힘으로

고개를 숙이고 있었어요.

당신이 보낸 물이 말이 되는지, 말이 물이 되는지 모르고, 물과 말이 몹시 닮은 것처럼, 당신과 내가 닮아가는 모순 같은 사랑이 나를 호명했지요. 퍽퍽 무너지는 가슴

팍팍 쓸어내야 하는 가슴, 아프게 부르튼 마음은 이제

가고, 가라앉은 채로, 내 마음 위로 떠다니는 것은 오직 당신의 말이었어요. 당신이 그린 그림을 따라 걸으면, 온갖 것들이 다 알려지고 보여졌어요. 더 큰 아픔으로 걸어가는 문이 아프면서도 행복한, 신비한 길들이 하늘과 지상 사이에 블라인드 커튼처럼 펼쳐지는 사이, 난 내 앞에 놓인 풍경과 당신 눈을 보았지요.

나를 바라보던 눈빛은 이미 들판 가득히 몰려오는 사람들을 보기 시작하고, 눈이 뛰어가는 것을 보았지요. 당신의 눈이 달려가는 들판에, 마음들이 날아오는 그 들판에 흰 옷을 입은 많은 사람들이 들판에서 걸어오고 있었어요.

하나의 풍경으로 수많은 마음을 말하는 당신을 봤어요.

영혼의 언어

은행잎이 봄 거리에 가득한 날
개나리를 들고 가을로 오면서
난 바다에서 진달래로 피고 있어

그리움은 씻어서 운동화 말린 자리에 말리고
숯불에 고구마를 구워서 네 추억에게 먹으라고 주었지

바람과 나뭇잎이 만날 때 난 너를 떨었어
다람쥐가 나무를 올라갈 때 나무의 피부
나무가 먹은 바람과 눈이 어디로 갔을까?

햇살이 강물과 만날 때 엑스터시를 말로 전할 수 없어서
풍경으로만 있는 언어를 봤어

코스모스가 가을 햇살과 도란도란 하는 사이
너무 아름다워 길바닥에 엎드려 울고 싶은
영혼의 언어를 배웠어

제2부

이야기의 국경

전사

당신이 혼자 남겨진 그곳에 큰 고요를 떠 옵니다
고요한 곳에서 당신은 내게 갓 태어난 강아지들이
작은 밥그릇에 옹기종기 입을 대고 있는 것을
보여 주었지요

아내도 친구도 떠난 곳에서
전쟁터에서 텃밭을 일구며

고요를 걸어가는 고독이
이곳까지 쩡쩡 울려서
내 고독의 메아리인가 했지요

남겨진 고요는 천년을 흐르겠지요
우리가 가진 고요를 제하지 않고도

오늘 내 고요 안으로 들어온
오랜 세월 묻은 마른 눈물이
산들거리는 바람이 되기까지
이렇게 또 나무들이 자라고 있습니다

오늘 떠다니는 고요가 쩌억 벌어지며
심연 속 당신의 고요가 서넛씩 날아가는 소리도 들리고

고요도 치료가 필요한 오늘

걱정이 고요를 저격해 버리고 나면
남는 것은 고요도 없는 적막과 부재겠지요

고요를 부활시키는 것은
승리일 것입니다

당신은 늘 승리를 향하고 있었지요

모두가 버리고 떠나기를 원하는 그 땅에서

TOLO* 뉴스

마음이 아플 때는 모든 내장이 자리를 비운다
커다랗고 무거운 눈이 그 자리로 들어간다

모든 눈들이 모여든 강의실
네가 쓰고 있던 피 묻은 히잡

이제 소름 돋아
아무도 어여쁘다 만져 주지 못할 네 눈

이곳에 몰려온 카메라들이
모두 내장을 비우자
죽음이 사진으로 들어간다

카불에서 300명의 사상자 발생
하자라 여학생들이 있는 강의실에 폭탄 테러

슬픔은 위대한 눈을 하나쯤 남겨 둔다

* 아프가니스탄 뉴스.

가즈니*

물방울이 잔뜩 고인 내 목소리 언저리에
후두둑 돋고 있는 빗방울
들녘에 뒹구는 여름날의 가을 잎들
공포와 슬픔이 엉겨붙은 엄마의 마음에 기대어
난 엄마와 산길을 내려간다

산 아래 내려다보이는 아버지의 안부
안부에서 두려움이 연기로 피어오르고
불길이 치솟는 마음 하나
툭 튀어 오르는 전쟁
우린 밤새 산길을 걸어 마을에 도착하고
우리를 반기는 이 아무도 없는 모스크에서
누룩 없는 빵을 먹는다 아버지는 없다

아버지는 죽었거나 싸우거나 다리가 잘렸을 텐데 우린
여기서 울며 하늘을 난다 모스크의 밤이 열 밤을 지나는
사이 우리는 유튜브에 알려졌지만 우리를 꺼 버리는 인류
의 손가락만 바쁘게 지나간다

엄마는 살겠지만 엄마는 울겠지만 엄마는 아프겠지만
아버지를 버렸다

가난이 차지한 자리엔 기다림도 가난하고

향이 되어 떠도는 슬픔

* 아프가니스탄의 도시. 주로 하자라족이 거주하고 있고. 잦은 탈레반의 공격
  으로 도시가 포위되거나 공격당한다.

국경에서

집단 무덤이 일상인 나라에서
우리는 왔다

집단 최면에 걸린 복수를 탈출하여
국경에서 붙들린 아이들은
감옥에서 모가 나고 각이 지고

숨을 흔드는 소음
눈에 핏발이 서린 야윈 당나귀
검붉은 멍이 든 혹
당나귀를 탄 당나귀를 묻는다

사방에 애틋한 것들이 죽어 버리는 날들
순한 소망이 국경에서 체포된다

아이가 위독해서 나가야 해요
울부짖는 어떤 가장이 소리 없이
도망쳐 나가는 것을 익힐 즈음
아이가 죽었어요

지옥을 들고 온 이들이 천국을 물어요
덜렁덜렁 떨어지는
천국은 이복동생처럼 생소해요

우리가 함께 가는 길 가에
노란 개나리가 나이를 세고 있어요

우린 공포에 지쳐
시든 이마 아래
우리 눈을 눕히고 잠시 잠들어요

기다림

엄마 산등성이를 오르내릴 때
해가 삼키지 않게 검버섯을 털어 버리면서 걸으세요
정신을 꺼내서 자주 냇가에 씻으시고
바람이 엄마의 슬픔을 꺼내 갈 때까지 마음을 열어 두세요

엄마 목소리가 부어서
리듬을 꺼내기가 힘들어요

지난 며칠 동안 온 도시에 연기가 가득하고
탈레반이 그 지역을 장악했다는 뉴스를
수용소 바깥에 노숙하면서 들었어요

제가 고향을 떠날 때 주신 아픈 돈에
눈이 생겨서 쓸 수가 없어요
전 공기를 마시며 사는 법을 익히느라 기도를 배웠어요

시커먼 때가 낀 겨울옷을 입고
매미가 우는 대낮을 걸어가는 엄마

나를 못 알아보는 꿈을
오늘 손바닥에 꺼내어 부비고 있어요

빈 들판에 두고 온 엄마 마음을 업고
기다리란 말도 간다는 말도 못 하는
이 묶인 발등을
종일 손톱으로 찍어요

환대

아프가니스탄에 사는 석류는 저예요
엄마는 하자라족이구요 아빠는 파슈툰족이었대요
난 삼촌 집에서 자랐고 열세 살 때 파키스탄 늙은이에게
팔려 갔어요 석류처럼 다른 나라로

난 문맹이지만
우리를 못 알아보는 이웃 나라들도 문맹의 어법으로
우리에게 총을 겨누지요
양귀비*가 중환자실에 있지만 우린 아무도 위태롭게
생각하지 않아요 양귀비의 리듬으로 찾아오는 살인

눈을 떨어뜨린 카메라들이 우리를 좁혀 오면
우리는 카메라가 남기고 간 마음을 세는 일에
집중하지요 거기서 이야기 공장이 만들어지고
이야기가 폐업 신고를 하기도 하지요

총 맞은 석류인 나는 늙은이에게서 도망쳐
난민이 되었어요

* 아프가니스탄은 마약 생산국 1위임.

레닌스키 라이온*의 아리랑

이야기 구워지는 노을이 들녘에 들어오면
레닌 동상 아래 볶은 해바라기씨
백 원어치를 사기 위해 줄을 선 히잡 쓴 아이들
쪼그리고 앉은 박 류다 속옷이 너덜너덜 웃는다
팔린 해바라기씨만큼 쌀을 사서 다리를 절며

유모차에 팔다 남은 김치를 싣고 오는 레나
아들은 이혼 후 죽고 며느리는 러시아로
김치 맛에 슬픔이 녹아들어 장사가 안된다고 믿는 레나

류다의 등에 외로움을 미는 손등
팔다 짙은* 짐치 좀 잡사 보소 야?
아슴차이요* 간만에 사람이 흐르는 류다 얼굴

텔레폰 왔소? 타슈겐트에서 날 데리러 온다 했구마
가믄 사우* 눈치 보고 난 잉게* 살겄소
류다, 안으로 들어가 빠끔히 문을 열면
그 시간 늘 그 앞을 지나는, 허리를 구부리고 걸어오는
이 원석 할아버지, 벽돌 공장에서 돌아오는 길

휑한 레닌 동상 아래 앉는다
북한에서 벌목 노동자로 나와 이곳까지 밀려온
주눅 든 노랫소리
허공에서도 눌리는 아리랑 아리랑

* 레닌스키 라이온 : 타지키스탄의 지방 이름. 수도 두샨베 옆에 위치.
* 짙은 : 남은.
* 아슴차이요 : 고맙습니다.
* 사우 : 사위.
* 잉게 : 여기에.

판지* 아리랑

조국아 하늘의 쓰레기를 모아서 버렸다는 판지강 가에
슬픔이 곪은 나를 들었는가?
조국아 버려진 자식 찾으러 오는 에미처럼
내게로 오지 않으려는가?
사람으로 태어나지 말고 새로 태어났으면
아리랑 아리랑 고개로 날 넘겨 주게

원동*서 스탈린이 구겨 넣은 기차 안에서
고려 핏줄이 짐승처럼 죽어 가도 한숨 돌릴 틈 없이
삼동, 낯선 땅에 버려져 가마니가 이불이고 천장이고
집이었어

먹다 버린 소 내장을 주워 시래기 넣고 끓여 먹는
우리를 참 잡 것들이라 했지
몹쓸 것들이 장두 콩으로 된장을 만들어 먹고
젓이 다 된 청어를 회로 먹는 그리움을 알아
아리랑 고개로 날 넘겨 주게

조국아 하늘의 쓰레기를 모아서 버렸다는 판지강 가에

나도 버려져 흘러가기 전에
잃어버린 자식을 찾으러 오는 에미처럼
내게로 오지 않으려는가?

뭉개진 오늘의 끝에서
우릴 보듬는 조국이 되면 아니 되겠는가?

* 아프가니스탄과 타지키스탄 사이에 흐르는 강. 고려인들이 이곳에서 양파 농
  사를 지었음.
* 블라디보스톡.

객사

참 곱소 고려 글이 아이고 참 곱소
치약을 묻힌 붓*으로 빨간 천에 그의 이름을 쓴다
신 일리야 한글로, 고려 글로 또박또박
붓에 치약을 다시 묻히는데
까레이스키들, 박수 소리 참말로 곱소!

까레이스키 네 가족만 사는 동네에 상사*가 났다
알루미늄 공장*에 다니는 아제와
간질인 노총각 아들이 먼 동네에서 오고야
쌀을 입안에 넣고 염을 하기 시작했다

허름한 병실 간암 환자, 신 일리야 상사 났소
누더기 군용 담요 둘둘 말아
병실 밖으로 버려지는 애꾸눈 아제
유족들 사정에도 아랑곳없이

숨 거둔 것 확인 못 하고
박 마야, 박 스비에타, 신 따냐 물통 베개 걸레 둘둘 말아
평평한 침대를 만들어 차에 싣는다

비는 황톳길에 퍼붓고
비포장도로의 저승길을 밤새 달려서
전기도 없는 마을에 죽음이 도착했다
마을은 천둥 뭉갠 울음이 폭탄으로 터진다

태어나서 처음 고운 한글로 쓰인 일리야 이름
고운 고려 글로 아제를 덮었다
이제는 산처럼 강처럼 그렇게 조국에 붙어서 살라고
우리는 아제를 모슬렘 땅 한 귀퉁이에 묻었다

* 고려인들이 실제로 페인트 대신 치약을 묻혀서 천에 글을 쓴다.
* 고려인들은 죽음을 상사라고 표현함.
* 타지키스탄에 있는 구소련 시대의 알루미늄 공장.

고려인 4세

동생이 아파서 병원에 입원했어요 죽어 버렸으면!
늙은 새 아빠가 들어왔어요 일주일에 한 번씩 오더니
요즘 발걸음이 뜸해졌어요
전 일학년에 입학했어요
이제 방 안에 갇혀서 김치 장사를 나간 할머니와 엄마를
기다리는 시간이 어렸을 때보다 많이 줄었어요 겨울에
전기가 없을 때 방 안에서 걸어 놓은 한국 달력
그림을 가지고 놀았어요

한복 입은 여자들에게 아이가 있을까? 그 아이들은 무엇
을 할까? 그 여자들의 딸이 되어 사는 상상들, 내가 커서
예쁜 한복을 입고 비행기로 떠나는 그런 온갖 상상을 하다
보면 무서운 시간이 덜 지루했어요
달력이 드라마가 되었어요

할머니는 요즘 나랑 동생을 자주 때려요
무슬리몬* 종자들! 그러면서

엄마가 스무 살 때 내가 태어나기도 전에
아빠는 떠났고, 동생은 이제 겨우 한 살이에요

제가 가장 무서운 것은 까레이스키*가 없는
시골에 살아서 어쩔 수 없이 엄마처럼

무슬리몬 남자들의 아이를 낳는 거예요

* 이슬람교를 믿는 사람들을 무슬림 또는 모슬렘이라고 한다. 무슬리몬은 페르
  시아어.
* 고려인의 러시아어.

무슬림 집시*

돈을 주지 않는 이의 옷에 침을 묻혀라 머리는 빗지 말고 엄동설한에 네 동생의 양말을 벗겨라 어두워지거든 집집마다 노크하며 곰팡이 핀 빵이라도 좋으니 논이 콕 도리(마른 빵 있어요?)라고 말해라 조금이라도 더 귀한 것을 주거든 브래지어에 숨겨라

마음이 서글플 땐 이 노래를 불러라

버려진 것들이 생각한다
버려진 것들이 춤을 춘다
버려진 것들도 사랑한다
버려진 것들도 주고 싶다

동생이 침을 묻히며 붙들었던 이들에게서 수확 없이 멋쩍은 표정으로 돌아오고 학교에서 돌아오는 내 또래들이 왁자지껄 지나는 거리에서 아이를 안고 바닥에 앉아 있어요
아이의 맨발이 시퍼렇게 떨면서 말을 걸어요

노래가 우릴 부를까요?

검고 버려진 보자기에 싸인 이야기들을
가난한 목숨들이 싸인 서사들을

* 무슬림은 이슬람교를 믿고 따르는 사람들을 지칭. 무슬림 집시는 이슬람교로
  개종한 집시들이다. 타지키스탄 전역에 큰 무리들을 이루어 살고 있는데, 그
  들은 특별히 정부가 정한 지역을 넘어서 거주하지 못한다. 구걸을 하며 생계
  를 유지하고 '주기(거지)'라고 불리는 집단이다.

이별

소리가 나는 생각들

귀 기울이는 귀

침묵과 언어 사이
희끗한 사랑이 이곳을 지배했을까?

이별은 소리가 들리지 않는 시간까지
풍경을 잃어버리는 여정

추억을 뚝뚝 떼어 먹으며 사라지는

아버지가 죽었어요
먼 곳에서 발이 묶인 난민 가족의 사별처럼

울음이 길을 찾다 땅속으로 스며들면
꿈 속 유년의 땅, 캐도 캐도 동전이 나오는

이런 오래된 그림은 어느 박물관으로 갔을까?

일치

나는 처음으로 살아 내는 시간이지만
당신 마음 안에 나는 수천 번 수만 번 살아
당신 마음 안에 내가 무엇으로 그려지는지
무슨 음률로 퍼져 나갔는지
밤새 당신이 쓴 시를 읽고 읽으며
당신을 들어도

새벽에 내가 발견한 마음 하나는
종일 눈물로 보낸 내 마음 하나뿐

테러

오늘을 소모시킬 힘
내일
나는 기운 옷을 입은 채 연회장에 가요

머리를 개방할래요
내일이 아프기 전에 당신의 귀띔에 물들래요

바이러스 속에 숨겨 둔 신

타다 만 재 속에 고구마 등처럼 벗겨지면
노란 단내에서 김이 나요

내일과 부딪히는 내 나라

자기증명서엔 우리가 더럽힌 신이 섞여져 모두 피해요

내 몸이 강이 되는 꿈
내 손이 해초가 되고 내 눈이 바다의 눈이 되는 사이
내일도 강에 빠져요

어서 내려와 아빠의 죽음을 붙잡아 주세요

죽음을 알기 전에

내가 꿈꾸는 내일
이미 죽거나 잃어버린 사람들이 모여들어요

내일을 몰라요 죽음처럼

깃발

깃발을 처음 들었던 기억
꽃상여 뒤에 소년들 틈에 끼여 깃발을 들었어요

깃발을 들고 향하는 길이 무덤이었지요

마지막으로 내가 들었던 깃발은
아프가니스탄의 깃발이었어요
만국기를 들고 모인 사람들 속에
아프카니스탄 국기를 들어야 할 사람이 없었지요
할 수 없이 나서기 싫어하는 제가 국기를 들었지요

꽃상여 앞에 늘 만가를 부르던 아버지의 노래가
아프가니스탄 국기를 들고 가는 내 마음에서 들렸어요

아프가니스탄 사람들의 만가를 부르는 아버지, 나는 곡
소리가 펄럭이는 깃발을 들었어요 하필 검은색과 빨간색이
교차된 아프가니스탄 국기를, 죽음과 전쟁을 들고, 죽음과
십자가를 들고, 아픔과 눈물과 침묵의 깃발이 걸어가요

깃발이 달려가며 날아가요

어느 강가에 낙하산처럼 내리면
깃발이 쓰레기가 될까 봐

당신의 사랑이 나의 깃발인 것처럼
당신의 사랑이 아프가니스탄의 깃발이 되기까지

난민 1

미모의 감자들이 닭도리탕으로
감자튀김으로 뽑혀 가는 사이

겨울나무에 돋는 새싹과는
애초에 다른 싹이 내게서 난민으로 돋는다

매끈하고 굵직한 감자들이
들어오는 사이
부엌 한 귀퉁이 검은 비닐에 쌓인 채
드디어 썩어가기 시작한 얼굴

검버섯인 줄 알았어요
피부암이 될 줄 몰랐어요

부엌에서 듣는 할머니 소식에 가슴을 쓸어내리자
가슴 한 귀퉁이가 물컹거린다

신경을 건드리며 눈, 내장까지 썩어 가는 동안
얼굴에 패인 깊은 웅덩이

할머니가 부엌에 들어왔다

썩은 물을 흘리는 나를 닦아
수건으로 싸서 장롱 안에 넣는다

쓰레기가 된 나를 예쁘게 처넣는다
이제 장롱 같은 요양병원으로 실려 가는 할머니

누군가 꺼내 주지 않으면 우린 썩어 갈 뿐

난민 2

그림자 등에 서로를 구겨 넣는 고통

폭발하는 땅
화염에 쌓인 내일
흩어진 우리는 내일을 달래는 신을 생각하며
아이들을 재웠다

순한 자연은 죽고 악마만 살아남은 우리 동네에서
튕겨 나온 것은 악의 그림자
그림자 등에 기대는 고통

예언된 사람들
땅에서 긴 도망을 시도하는 것은 오래된 일이라
테러를 몰고 오는 침입들은 우악스런 칼을 닮았지만
우리 발은 신을 묻는다

갓 태어난 아이도 세상을 터득하는
전쟁은 누구의 것도 아닌 내 것인데
내 전쟁을 내 맘대로 그칠 수 없다

일상의 종말

내 땅에 지옥이 침입한다

벙어리 풍경

버려진 소리들이 오므리고 있지요
풍경을 데우면 소리가 울리지요

아빠가 보낸 100불에 풍경이 배달돼요

그리움은
이렇게 울음이 꽉 찬
벙어리 풍경을
자주 불러내고

아빠가 보낸 100불
난민에게 지급된 몇 개월 보조비*를 아끼고 아낀
이 돈에 아빠는 보이지 않고
울음소리가 들리는 기적을 만져요

* 브로커에게 돈을 주고 난민으로 나오기 때문에 주로 가장이나 청년들이 가
  족을 아프가니스탄에 두고 탈출한다. 인도네시아 등지에서는 난민이 일을 할
  수 없기 때문에 7~8년 수용소에 발이 묶여 있는 경우가 많다.

눈물 110도

이곳의 사건들은 몸 안의 물을 만들었다

너라는 사건

110도의 언어

내가 네 통곡을 울기까지
네 소외를 살기까지
사랑이 아니었다

언어는 몸 밖으로 나온 물들

영혼의 몸

기억

눈이 녹는 파미르산*을 넘으며
차가 떨어질 것 같아
아홉 시간 눈을 감고 용서를 빌었던 차 안

다시 눈이 내리고
아득한 골짜기 아래
널브러진 차 뼈

할미꽃 위에 내리는 비
부추밭에 내리는 비
무궁화꽃에 내리는 비

나를 사랑했던 마음들
내가 사랑했던 마음들

아득한 골짜기 아래
툭 떨어진다

* 타지키스탄에 있는 파미르 고원. 세계의 지붕이라 불린다.

독서

아무것도 잘한 것이 없는
쬐끄만 날들 사이에 끼여서 겨우겨우

마음이 아픈 사람들이 모여
마음을 만든다

생활이 아픈 사람들이 모여 생활을 만든다

눈부신 날들이 없는 날에
우린 서로에게 빛이 된다
네 어둠이 내게서 드러나고
네 빛이 내게서 빛난다

난 다시 마을을 돈다

너는 울고 있고
우린 돌아다닌다
돌아다니는 마음이 모여
이렇게 서로를 울며

자꾸 쩨쩨해지고

자꾸 무서워지고

자꾸 부끄러워지는 나이를 살면서

나의 일생으로 아프가니스탄 사람들의 하루를 읽는다

우리

길 위에서 아프간 사람들을 만났다
전쟁병을 시퍼렇게 앓는다

말이 우리를 잇는 동안
우리는 마음을 걷는다
마음을 달리는 동안
말이 걷는다

말을 걷어 내고 맨 바닥에 앉아서
서로를 복사한다

마음이 서로를 짓는 사이
마음 안에 이야기가 산다

네 마음이 누운 자리에 난 말을 눕힌다

우리가 이렇게 앉아 있는
이 자리에 나무를 심듯이
서로를 흙으로 덮으며

물과
햇빛처럼

서로에게 스며든다
외롭게

어떤 예배

뒷날까지 이어진 아버지의 주사는
집 안의 마당까지 술에 취하는 일
전쟁이 끝난 뒤 햇살이 나뒹구는 가재도구 위에 내리쬔다
선명한 고요가 깃들고 모든 공포를 잠재우는
명주 이불의 포근함에 기대어 불화를 수습했다

온 거리에 최루탄이 터지고
온몸에 담긴 기침과 산산조각 난 화염병
아직도 멀리서 튀어나와 머리를 칠 것 같은
백골단들의 모습이 어른거리고
초췌해진 선배와 후배의 얼굴들
불안과 두려움으로 도망친 옥상 위에 말하는 노을이 지고

서로의 이름이 그리 무명하게 될 줄 몰랐던 시절

모두 집으로 돌아간 새벽
최루탄을 버티는 나무와 풀과 꽃들의 삶의 자리

이국 땅에서

전쟁을 피해 나온 사람들이
모여 예배를 드린다

이제 모두 떠난 자리에서
약함과 슬픔을 제사로 바친다

가난

물이 잦아든 우물 웅덩이 곁에 잡초가 자라고 있어요
버려둔 적막이 움직이는 곳
'나도 찾아가기 힘든 나'가 되어 가고 있어요
이내 마른 땅이 갈라지겠지요

가난은
고독을 배우는 여정을 닮았어요

고독을 뒤집으면
사막이 출렁거려요

아무도 사막을 차에 싣지는 않지요
이미 익숙한 바람이 이곳을 지나면
흙먼지 날리는 바닥에 흙처럼 누워
아무도 발견하지 못한 가난이 되고

난 고독을 뽑으며 자라는 숲이 되어 가고 있지요

제3부

문장의 영혼

문장의 영혼

내 영혼이 골짜기에 앉아 있다
영혼의 마을로 들어가는 것들은 때로 눈물이어서
고운 눈물로 빚은 것은 하나님께 돌려주고
아픈 눈물로 빚은 것은 그리움을 산다

그리움의 껍데기를 벗기면
아무런 형체도 없는
사랑하는 사람들의 마음들

그리움이 모여 사는 자리에
언제나 부재가 있다

한 문장의 영혼이 움직이기 시작했다

문장들의 영혼은 때로 악취여서
문장들의 영혼이 자주 더럽히며
서로를 통과한다

한 문장이 오래오래 더럽혀진 영혼을 보살폈다

당신의 눈물로

당신의 눈물로 녹여 만든 나
이야기를 녹이면 나는 시퍼렇게 운다

먼 길을 다녀오느라
잃어버린 가족들

들풀이 가르마를 탄 할머니 뒷머리처럼 세었다
저녁은 우리의 이야기들을 굽는 노을로 타오르고

이야기는 군고구마처럼 남는다

팔팔 끓는 침묵인가요?

올해 봄에 곰팡이가 슬었어요 내다 버린다 해도 쓰레기통에서조차 시간이 죽지 않을 테니 걱정이네요 고요한 처형이 바다 속에서 일어났죠 옮겨 다니는 언어에 피가 묻었어요 밤바다 위, 사별의 별들이 하늘을 무는 날들 우린 예언자가 필요했지요
백성이 상해서 식음을 전폐하는 그런 예언자가

이야기 몸뚱어리의 반은 제 몸이 아니라고 외치더니
불덩이네요 봄덩어리가
아무래도 계절의 기억 속에 많은 균이 번식된 것 같네요
말이 묻은 몸들이 아파요

팔팔 끓는 침묵으로

자라는 이야기

선창가에서 배를 기다리는 동네 사람들
나도 끼여서 엄마의 다리에 붙은 전어 비늘을 뗀다
엄마의 이야기에 귀를 기울이는 사람은 없다
일 분을 잇지 못하는 엄마의 이야기
자신의 이야기를 모두 어디에 숨겼을까?

이윽고 선창가에 배가 닿으면
전어를 받아 머리에 이고 가는 엄마
늘 그 묵직한 전어 대야를 이고
반에서 제일 작은 나보다 더 작은 엄마
다리를 절룩절룩 거리며 전어를 팔러 간다

엄마는 장으로 가고
나는 엄마의 한 번도 내뱉지 않은 이야기들을 꼭 안고
엄마가 올 때까지 종일 기다린다

내가 품은 엄마의 이야기는 들판에서도 자라고
집에서도 자라고 강가에서도 자라고
낯선 이국땅에서도 담을 넘으며 무럭무럭 자랐다

늘 반복되는 단순한 몇 가지 말
밥 먹어라 우리 막둥이
문장으로 다 기록해도 열 문장이 안 되는
언어만 남기고 간 엄마

그러나 가장 깊고 착한 언어로 자란다
가장 듣고 싶은 언어로 자란다

신발

우린 서로가 신었던 신발을
기억하지 못한다

친구의 신발을 신어 보곤 하던
유년의 신발은 잊혀졌다

이야기만 남아 내 몸에서 나오는 신발들
독한 분노, 우리 맘 한 조각이 뉴스에 보도된다

거친 말로 나오는 신발 하나를 꺼내어
말이 신었던 신발의 종류를 생각한다

가장들이 던진 신발을 가족이 쩔쩔매며 정돈하고
아이들은 영문도 모르는 이야기를 신고 학교에 갔다

아이들은 페스트처럼 욕을 퍼뜨리고
신발을 던진다

신발 가게를 지나면

아버지가 신었던 흰 고무신이 없다
아버지의 그날에 신었던 신발을
읽는 효도를 하면서

아버지의 발이 기억나지 않아
아버지 눈물을 노트에 풀로 붙인다

아버지가 자꾸만 낡아져 가는 것 같아
자다가도 일어나 아버지를 붙잡는다

몸에 쌓인 그리움을
내 발에 신으면서

십자가와 광주

해마다 오월이 오면
단 한 번만이라도 얼굴 부비고
따뜻한 밥 한 그릇 차려 주고 싶어 하던 엄마
소박한 엄마를 투사로 만들었던 죽음

다시는 이 길을 함께 걸을 수 없고
우연히 어느 모퉁이에서도
다시는 언니 오빠를 볼 수 없어서 울던 시절도 가고
사랑도 명예도 이름도 남김없이… 를 부르다
저절로 눈물이 나는 우리도 이렇게 늙어 가요

광주가 메었던 십자가
조국을 살린 십자가
내가 기억하는 언니 오빠의 이름이 되었어요

마음과 마음 사이

오늘 당신이 그곳에 오신다는 소식을 들었어요
나를 보일 자신이 없어서
내 마음에 거미줄을 풀어서 글을 쓰고 있지요
툭툭 끊기는 거미줄로 겨우 'ㅅ' 이 한 자를 쓰고
큰 거미만 잡아
종일 손에서 거미 냄새가 나요

몸에서 나오는 실마저
시커먼 머리카락을 붙잡더니 엉겨 버려요

내 손바닥에 있는 손금과 손금도
한 줄에서 만나기 힘든데

우리 마음과 마음 사이를 어쩌겠어요

마음은
천년을 돌아도
늘 끊긴 길이 덤비겠지요

새벽

아무래도 거기 당신이 있는 곳에
새벽을 두고 온 것 같아

그 새벽에 당신
심연의 소리가 자꾸만 풍경이 되어

풍경마다 묻은 당신 눈

내 발은 습한 묘지에
곰팡이 발가락으로 꼼지락거리고

내일에 손을 넣으면

당신은 몇 번 죽어
다시 살아나네

당신과의 이야기를 접기 전에
당신에게 두고 온 새벽으로 가서

이슬 같은 눈물

당신 뺨에 맺힌 딱 한 방울로

새벽을 여네

생존

홍수로 방까지 들어오는 강물

여름마다 쳐들어오는 눈물
온갖 가재도구와 엄마의 손을 버무린 흙더미에

난 빼꼼히 눈 같은 손을 내밀고
눈물을 떠낸다

흙탕물이 된 강물에서 장어 새끼를 잡는 횃불을 켰다

무너진 양식장에서 장어들이 해방인지 죽음인지 모른 채
동네로 밀려오고
양식장 사람들이 부지런히 눈물을 퍼내는 사이

우린 장어를 구워 먹었다
홍수 위의 밥상
웃음이 장어 꼬리에 점처럼 찍히는 서로를
연민했다

일상을 퍼낸 자리에
술이 담긴 강물이 들어오고
강물이 들어온 자리에

아버지가 강을 둘둘 말아 노동을 팔았다

외출

갯벌에서 게가 구멍 위로 엉금엉금 기어 나오는 풍경
야단맞고 잠들다 배고파 살짝 문을 열고 나온 너처럼
간밤 취기로 기억나지 않는 어떤 참담을 들고
냉장고를 살며시 여는 나처럼

나는 게 구멍으로 들어가고
게는 게장 속으로 들어가 엄마 게의 죽음을 보고
나는 게 구멍 속으로 들어가 엄마의 잃어버린 신발을 찾고

먼 옛날 엄마가 그토록 초라한 모습으로 상경했을 때
말끝마다 신경질을 냈던 내가 부끄러워
갯벌에 빠진 엄마 고무신을 힘껏 빼내어
엄마가 끓여 준 재첩국 대신 엄마의 갯벌을 먹는다

엄마가 문 밖으로 뛰쳐나가 엄마 집을 묻는 사이
스무 번을 뛰쳐나가는 엄마에게 열 번 정도 화를 내는 나
요양 병원에서 내 손을 붙잡고 끝내 터트리는
세 살이 된 엄마의 불안과 슬픔

엄마는 갯벌에서 올라온 다리 잘린 게처럼
세상을 견디다 다시 갯벌로 들어간다

사는 이유

만취한 아버지가 좋아하는
임방울 쑥대머리 육자배기 심청전 번갈아 판을 바꾼다
잠든 것 같은 아버지는 자주 뒤척이며 잠결에도
내 이름을 부른다

노을이 시를 쓰는 초저녁
수레로 과일 행상을 하는 엄마
난 수레에 잠시 걸터앉지만
아버지가 걱정되어 또 집으로 들어온다

대문으로 들어서는 엄마
한 손에 복숭아 포도가 든 비닐봉지
나에게 주려고 남겨 온
포도의 눈과 복숭아의 미소가 만나면
우린 포르르 제비 가족처럼 몇 초간 행복하다

복숭아, 포도와 내가
엄마의 마음에 쏘옥 들어간다

눈이 생기는 시간

아픔에 손 있다
아픔에 눈 있다

눈이 있는 생물
눈이 여럿 박힌 괴물

하루의 풍경마다 당신은 차오르는 물결

겨우 발 닿으면
해바라기, 차창 밖에서 달려오고

해바라기 씨가 익을 때까지
나도 들어가
빽빽한 씨앗 속에 빽빽한 기다림으로

모두가 당신이 된 하루에

당신만 없다

역전

그리움은 내 것이 아니고 네 것이어서
네가 내게로 달려오면 좋겠다
비밀이 가득한 사랑이 내 것이 아니고
네 것이어서 내 허물은 다 덮어 주면 좋겠다

영혼을 그릴 수 있게 된 내 손과 네 손으로
서로의 십자가 하나만 그리면 좋겠다

너도 날 울어 주면 좋겠다

내가 네 삶을 운 것처럼

돈

그 남자의 뒷모습은 앞모습이다

모든 요일이 마음을 습격당했다
목요일이 골목 속으로 들어갔다

내일로 진입하는 속도로
말을 젖게 하는 돈

사랑은 정처 없는 돈
모든 기억에 한 장씩 들어 있다

우연을 주세요

오랫동안 잃어버린 사람을 만나는 우연을 주세요
손을 잡을 우연을 주세요

다시는 떠나지 않게 꼭 붙들 우연을 주세요
기적이라 말할 수 있는 우연을 주세요

그 길 외에는 길이 없어
우연을 기도하는 밤

아무것도 이룬 것이 없이
사랑하는 가족마저 잃은

다시 찾을 희망이 보이지 않는
이곳에서 사랑하는 사람을 만나는 우연을 주세요

우연밖에 기댈 것 없는 이 끝에서
비는 우연을 가엾게 여겨 주시고
당신이 마련한 우연에 기적이 있게 하소서

열심히 살면 잘된다는 것을 잃어버린 이에게
그 길을 걷다가 잠시 길을 잃어버린 저에게
사랑하는 사람을 찾는 우연을 주세요

그 우연밖에 기댈 것이 없는 이 가난한 자리에
사랑하는 이를 찾는 우연을 주세요

우연밖에 기댈 것이 없는
서러운 당신의 딸에게

누추한 옷이 자연이 되는 자리

당신이 머물고 있는 자리는
그 어떤 것으로도 이름 붙일 수 없는
초라하고 남루한 봉우리

물도 고기도 없는 민둥산에서 할 수 있는 일이란
기억하거나 꿈꾸거나

꿈도 오래 꾸면 재미가 없어지는 봉우리에서
우리의 이야기를 편집해 주기를 바래

그 기억의 편집은
가족에 대한 사랑과 참회가 가득하면 좋겠어

누추한 옷도 자연이 되는 그곳에서
모두 바람이 되거나 나무가 되거나 새가 되는 곳에서

당신이 시가 되는 그런 기적을

작은 사람들

나를 울리는 사람

나를 사랑했던 사람들은
작은 소원 하나씩을 내게 말했다

모든 길 위에서 숨어 있다가
마음의 온도와 맞을 때만

내 마음에 글을 쓰는 작은 사람들

완벽하지 않아서
더 그리운 부모가 뉘게나 있다

작아서
더 가여운 사람들이 뉘게나 있듯이

나쁜 과자

어느 날 아빠가 사라졌다
어느 날 부모가 이혼을 했다
어느 날 부모가 죽음을 불사하고 싸운다

평화가 없는 가정에서 우리는 그런 부모를
사랑하며 살아남는 법을 날마다 연구한다

이렇게 살다 온 아이들이 도착한 곳에
깃발을 하나씩 나눠 준다
초라하면서도 뭉클한 것을 사랑이라 말하며

나쁜 아빠는 눈물 과자를 만든다 아빠의 나쁜 아내가
눈물 과자를 먹는다
나쁜 아빠와 나쁜 엄마와 아이들이
나란히 삶을 견디면서 먹는다

다 자란 슬픔

아무도 읽어 주지 못한 엄마의 저녁
아무도 보듬어 주지 못한 엄마의 노동

긴 세월 자라
엄마도 없는 이 자리

다 자란 슬픔
다 큰 시간

엄마가 아직도 자라나는 내 형제의 마음속

뒷동산

겨우내 거칠어진
새치 머리 위에
날 보며 진달래 피어 내더니

반가워 달려 나가는 어깨 능선에
노란 개나리마저 날 보며 피어 내네

난 그런 당신이 좋아
진달래 녹여 먹으며

닿지 않는 팔을 벌려
개나리 일생을 안아 보네

수리성*

동굴의 물들이
수리성 되기를 기다린다

새벽 세 시
마음에 피는 소리

물이 피가 되기까지

오래
흐른
어떤 슬픔

* 청이 약간 쉰 듯하게 발성되는 성음. 임방울 등 명창들의 성음.

통찰

평상시에 듣지 못한 어법이 문득 듣고 싶은 오후
빗소리에 한결 아름다운 들판을 만드는 자연
나뭇잎들의 흔들림
살랑거림이 마음을 돌아 눈이라는 문으로 나올 때
반짝이는 설렘을 그림으로 그린 들판에서
나는 장엄이라는 언어를 펴서 풀에 닿아 가고 있었다
들판의 침묵과 들판의 살랑거림이
신비와 아름다움을 오가는 사이
당신이 쿵쿵거려 나는 무릎을 꿇고 싶었다
빗줄기가 들판에 닿자 모든 생명이 새로운 질서로
은어를 주고 받으며 새로운 어법으로 정결해지고 있었다
빛이 빗줄기가 되는 어느 오후
변화를 예감한 자연이 일제히 당신을 기다린다

통찰이 와서 시간과 사건과 마음을 눈물로 마중한다

짝 없는 서사가 산다

어둠은 크고 낡았다
오르내리며 돌보기에는 엉큼하거나 냄새난다
가령 어둠이 취미라고 쓰면 사람들은 주눅 든다
내 안에 어느 몰락한 언어가 사는지 잡아 본 사람들
밤젓*을 담았는데 엄마의 내장이 없어진 일
다시는 찾을 수 없는 것들을 불러내어
아무리 소리를 입혀도 풍경만 남은 그리움
진달래를 입에 녹였는데 봄은 사라진 일
우연밖에 기댈 것이 없어서 밤새도록 우연을 기도하는 밤
목소리를 품고 이야기를 치료하다 잠든 새벽
마음을 받아 적었는데
내 마음이 이래라고 읽히는 부재가 있다

* 전어젓을 밤젓이라 한다.

기도

마구 구겨진 것들은 쓰레기통으로 옮기기 전에
한 번 더 세차게 구겨진다
너의 아픔이 이렇게 세차지 않기를 기도한다

네 마음의 처마 밑에 달려
제비처럼 밤새도록 집을 짓는다

새끼처럼 기도가 담겼다

너를 견딘 기도가

사랑

수만 번 마주 본 당신 마음
내 발에 깃든 당신 마음
내 마음이 된 당신 마음

내 마음을 수만 번 만지는 당신 마음
당신 행동에 사는 내 마음
당신 몸에 사는 내 마음

소리

내 안에 소리 있어 눌린, 아픈, 화난, 기쁜, 놀란, 무서운
네가 내게로 오는 소리, 감동의 소리들이 내 몸에서
하루를 돌다 나간다
나를 통과하지 못한 소리 있어 침울하거나, 억울하거나,
신음하며, 바닥으로 떨어지거나, 깨지거나, 터져 버리는
사이
나는 내가 선택한 몇 개의 소리로 살기를 작정한다

소리는 다채롭고 신비하게 나를 통과한다
낯선 소리들이 나를 통과할 때
나는 소리에서 리듬을 분류한다
사랑, 미움, 정의를 구분하다가 너를 자르기도 하는 나
가까운 이들의 마음에 툭 떨어진 버림받은 소리

때로 비명과 허영과 동정과 고발이 엉긴 소리를 앓는다

시간 밖으로 나간 소리,
그리움과 아픔으로 가라앉은 소리
함께했던 함성 소리,

무릎을 꿇고 싶게 하는 장엄한 소리

아픔이 노래가 되는 소리
숨은 마음이 시가 되는 소리

일치를 앓았다

손 한 장을 받았다
아무것도 못 할 것 같았는데
못 할 것도 없었다

침묵이 소리로 들리는 여기는 어디일까?

아픔이 헤아려지지 않는 곳에
가장 읽히지 않은 슬픔의 언저리에
나를 두고 싶었다

내 소원도 아니지만
당신과 가까이 살면서
당신 소원이 내 소원이 되어야 할 때
일치를 앓았다

언어가 되지 못한 삶
슬픔의 사각 지대
침묵

진흙을 묻힌 발의 노동에도
침묵을 입히고 나니

죄가 다문다

절망 읽기

우린 모두 조용히 절망하고 있다
고요한 사람이 오기까지
호소가 만져지기까지

침묵의 사람이 오기까지
내밀한 슬픔이 읽히기까지

우린 모두 조용히 절망하고 있다
우린 모두 서로의 깊은 절망을 읽는데
실패하고 있다

역지사지 이전에
우린 이미 무거워진다

무의식

당신 잠으로 들어가고 있어
내가 꿈이 되는 노동이지
당신 꿈에 펼쳐지는 나는 진실하고 애잔하면 좋겠지만
내 꿈을 다녀간 사람들도 그런 모습이 적어

당신 잠 속으로 들어가기 전에 나는
냇물에서 발가락을 담그고
죄를 닦아

죄들이
송사리 떼가 몰려다니는 것같이
붙잡기 힘들지만
그런 죄 떼를 버리고

당신 마음을 살피고 싶어서
비극을 자르고 싶어서

당신에게 가는
그 먼 길을
송사리 떼처럼 헤엄쳐 가네

1995년 2월 9일

초저녁 옥탑방에서 일어난 일
파스칼에게 찾아왔던 그분이 내게 왔다
빛 가운데 빛이 눈부시게 빛나고
많은 물소리 같은 성스러운 목소리로
내 이름을 불렀다
나는 놀라 무릎을 꿇고 고개를 숙였다
'아브라함의 하나님 야곱의 하나님'

언어를 사용하는 신이 내게 한 문장을 들고 찾아왔다

신비한 바람이 발가락과 머리를 관통했다
몸이 깃털처럼 가벼워지고, 한없는 해방

한 문장이 죽음만 생각하던 나를 살렸다

이야기를 안는 그분, 이야기를 수술하는 분이었다

아픈 무슬림들 사이에서 마침내 시를 쓰다

이승하 시인·중앙대 교수

박연수 시인은 이력이 특이하다. 영문학과를 나온 뒤 신학대학원에 진학해 선교학을 전공했다. 지금부터 18년 전인 2003년, 시인의 가족은 비행기를 타고 타지키스탄으로 간다. 그곳에서 무슬림과 고려인들을 대상으로 일을 했다.

그곳에는 아프가니스탄 난민들이 많이 들어와 살아 그들의 아픔과 애환을 늘 접하며 살았다. 이후에 임지를 옮겨 각국에 흩어진 아프가니스탄 난민 사역을 본격적으로 시작했다. 지금은 코로나19 사태로 한국에 잠시 들어와 있지만 시집이 나올 무렵에 시인은 이 나라를 떠나 다시 이역만리에 가 있을 것이다.

이런 색다른 이력은 이 한 권의 시집을 대한민국에서 지난 100년 동안 발간된 그 어떤 시집과도 변별되는 색채를 지니게 하였다. 시집의 제일 앞머리를 장식하고 있는 시는 표제시이다.

> 자주 부르던 이름을 더 이상 부르지 않을 때
>
> 언어가 잘렸다
> 잃어버린 언어에 잃어버린 세계가 있었다
>
> *잘린 문장 하나가 내 삶을 잘랐네*
> > ―「더 이상 부르지 않은 이름」 전문

　우리가 자주 부르던 이름을 부르지 않게 되는 경우는 어
떤 때일까? 우선 사별을 생각해 볼 수 있다. 또 다른 경우
는 고국을 떠나 멀리 가 있게 되었을 때이다. 주변에 나와
말이 통하는 사람이 없고 내가 이방인일 경우 나는 지인의
이름을 부를 수 없다. 내 이름을 정답게 불러 주는 사람도
없다. 이 시에서 중요한 것은 '언어'다. "잃어버린 언어에 잃
어버린 세계가 있었"으니, 후자인 경우다. 언어가 잘렸으니
그 세계에서 나는 '더 이상 부르지 않은 이름'이 되었다. 박
연수 시인은 크리스천이므로 하나님이 더 이상 부르지 않
은 이름, 즉 신앙상의 절망을 이르는 표현을 한 것일 수도
있다. 주여! 주여! 늘 부르짖으며 살다가 하나님을 더 이상
부르지 않게 된 회의의 시간을 나타낸 말일지도 모르겠다.
　이 시에 이어지는 시는 모두 아픔의 기록이다. 제목부터

'상실' '쓸쓸이 들고 가는 사내' '사건' '마음이 잘린 땅에서'
등이니 시인의 생활과 내면은 순탄치 않았다. 선교사역을
하러 외국으로 가기 전, 이 땅에서의 나날을 짐작케 해 주
는 시가 몇 편 있다.

> 우리의 임무는
> 술병 안에 우리가 산다고 말하지 않는 것
>
> 세상의 모든 아침은
> 우리를 잠시 쉬게 하는 시간이지만
> 여전히 엄마는 아프고 사건은 운다
>
> — 「사건」 부분

> 빈 지게에 스며든 아버지 목소리
> 아버지가 죽은 밤에 아버지 머리에서 욕이 나갔어요
>
> 핏덩어리를 토하던 그 세숫대야는 천국에 가고 없어요
> 남은 마음이 내 눈 안에 아버지라는 책을 써요
>
> 엄마가 죽을 때까지 집을 팔지 마라
>
> — 「탈출」 부분

해설자에게 자유로운 유추해석이 가능하다면 신학대학

원에 가서 선교학을 전공한 것이 이런 가족사와 연관이 있지 않을까? 물론 이 시 속의 어머니와 아버지가 가공의 인물일 수도 있지만. 시의 제목을 왜 '탈출'로 한 것일까? 이런 회한과 슬픔을 뒤로하고 선교지로의 탈출을 감행했다는 뜻에서 이 제목을 붙인 게 아닐까? 우리 집은 "그리움이 벽을 치며/바다를 데우며 천장을 뚫는 밤/소리를 깎는 우리집"(「소리를 깎는 집」)이다. 안온한 home이 아니라 냉기가 도는 house다. 시인은 이제 운명의 사슬에 매어 신음하다 자살해 죽은 이연주 시인의 유고시집 『속죄양, 유다』를 옥탑방 바깥에 내다 놓고 하얀 눈을 맞게 한다(「기드온처럼」). 그런 아프고 우울한 세계와 결별하고 "구원처럼 아름다운 혁명은 없었다"(「숨은 물」)고 말하면서 비행기를 탄다.

숨은 물이 우리 안에 산다
숨은 물이 이슬과 시냇물과 비, 바다와 만난다
나의 숨은 물과 하나님의 숨은 물이 만나는 순간
눈물이 시냇물로, 바다로 흐른다
구원의 물을 묻거든 숨은 숨결이 담긴
신비한 물을 주라던 최고의 숨은 물
수천 년을 숨어 계시는 하나님으로 있었던
최고의 숨은 숨결

— 「숨은 물」 부분

이 시야말로 선교사가 된 이유를 밝힌 것으로 볼 수 있다. 서러워 혼자 울기도 했던 지난날들도 있었지만 이제부터 화자는 이타적인 인간이 되고 싶은 것이다. 내 숨이 "물과 하나님의 숨은 물이 만나는 순간" 하필이면 눈물이 시냇물로, 바다로 흐른다. "구원의 물을 묻거든 숨은 물결이 담긴/신비한 물을 주라던 최고의 숨은 물"을 길어 올리기 위해 박연수 시인은 멀고 먼 곳으로 사역의 소임을 다하기 위해 떠나기로 결심한다. 시집의 제2부는 시의 공간적 배경이 대한민국이 아니다.

해는 뉘엿뉘엿 넘어가고
우린 어둠이 되는 낡은 목숨으로 연명하며
그늘에서 하나씩 이름을 잃어가겠지

— 「마음이 잘린 땅에서」 부분

수많은 상처를 준, 마음이 잘린 땅을 떠나서 박연수는 미지의 땅으로 간다. 그곳은 일단 중앙아시아, 즉 고려인들이 많이 살고 있는 타지키스탄이었다.

이야기 구워지는 노을이 들녘에 들어오면
레닌 동상 아래 볶은 해바라기씨
백 원어치를 사기 위해 줄을 선 히잡 쓴 아이들
쪼그리고 앉은 박 류다 속옷이 너덜너덜 웃는다

팔린 해바라기씨만큼 쌀을 사서 다리를 절며

유모차에 팔다 남은 김치를 싣고 오는 레나
아들은 이혼 후 죽고 며느리는 러시아로
김치 맛에 슬픔이 녹아들어 장사가 안된다고 믿는 레나

류다의 등에 외로움을 미는 손등
팔다 짙은 짐치 좀 잡사 보소 야?
아슴차이요 간만에 사람이 흐르는 류다 얼굴

—「레닌스키 라이온의 아리랑」부분

　레닌스키 라이온은 타지키스탄의 수도 두샨베 옆에 위치한 지방도시의 이름이다. 러시아 본토의 레닌 동상은 대개 철거되었지만 이곳에서는 아직 그냥 그대로 있는 모양이다. 그곳의 주민 박 류다, 레나의 삶을 시인은 그리고 있다. 각주를 보면 '짙은'은 '남은'이요, '아슴차이요'는 '고맙습니다'이다. 이들은 지금도 김치를 먹고 있다. 시의 후반부에 이르면 이원석 할아버지 이야기가 나온다. 북한에서도 벌목 노동자였는데 북한에서 나와 러시아에서 벌목 노동자로 살다가, 이곳까지 밀려와서 벽돌 공장에 다니고 있다. 허리 구부러진 할아버지가 늘 흥얼거리는 노래가 '아리랑'이다. 그들이 부르는 아리랑은 한의 노래요 그리움의 노래요 갈망의 노래다.

조국아 하늘의 쓰레기를 모아서 버렸다는 판지강 가에
슬픔이 곪은 나를 들었는가?
조국아 버려진 자식 찾으러 오는 에미처럼
내게로 오지 않으려는가?
사람으로 태어나지 말고 새로 태어났으면
아리랑 아리랑 고개로 날 넘겨 주게

원동서 스탈린이 구겨 넣은 기차 안에서
고려 핏줄이 짐승처럼 죽어 가도 한숨 돌릴 틈 없이
삼동, 낯선 땅에 버려져 가마니가 이불이고 천장이고
집이었어

먹다 버린 소 내장을 주워 시래기 넣고 끓여 먹는
우리를 참 잡 것들이라 했지
몹쓸 것들이 장두 콩으로 된장을 만들어 먹고
젓이 다 된 청어를 회로 먹는 그리움을 알아
아리랑 고개로 날 넘겨 주게

조국아 하늘의 쓰레기를 모아서 버렸다는 판지강 가에
나도 버려져 흘러가기 전에
잃어버린 자식을 찾으러 오는 에미처럼
내게로 오지 않으려는가?

뭉개진 오늘의 끝에서

우릴 보듬는 조국이 되면 아니 되겠는가?

― 「판지 아리랑」 전문

　판지강은 타지키스탄과 아프가니스탄 사이에 흐르는 강, 즉 국경선이다. 시인은 관찰자가 아닌 타지키스탄 현지인이 되어 자신의 조상을 "버려진 자식"이라고 표현한다. 화자 또한 슬픔이 곪아 있는 처지다. 이 시의 제2연은 중앙아시아 지역에 '고려인'이 분포하게 된 연유가 나와 있다. 원래 러시아 영토였던 사할린 섬 남쪽을 러일전쟁의 승전국 일본이 할양받은 것이 문제였다. 러시아가 혁명의 와중에서 변경 국방에 소홀해지자 일본이 섬 전체를 차지하기도 했다. 사할린은 섬이지만 블라디보스토크를 중심으로 한 드넓은 연해주 지역에 조선인은 일본의 압제를 피해 자발적으로 이주해 가기도 했고 석탄과 아연이 많이 나는 지역이라 일본이 개발을 위해 징용으로 조선인을 보내기도 했다. 스탈린은 집권한 이후 연해주 지역의 조선인들이 일본과 내통하고 있다고 판단하였다. 아닌 게 아니라 일본은 소련 극동지역 침략을 위한 전략으로 이 지역의 조선인을 이용하기도 했다. 소련은 조금이라도 의심이 가는 지식인들을 2,800명이나 색출해 강제이주 전에 총살시켰는데 그들 가운데 포석 조명희도 포함되어 있었다.

제2차 세계대전 직전인 1937년, 스탈린은 전쟁이 일어났을 경우 이 지역의 18만 조선인들이 일본의 사주를 받아 반란을 일으키면 수도에서 너무 멀리 떨어져 있어 제압하기가 어렵겠다는 판단을 하고선 연해주의 18만 조선인을 몽땅 중앙아시아 지역으로 강제이주 시키기로 했다. 열차에 태워져 중앙아시아 허허벌판에 버려져 기아와 질병과 추위로 수만 명이 죽었고, 그때 살아남은 이들의 후손이 바로 타지키스탄·우즈베키스탄·키르기스스탄 등에 흩어져 살게 된 고려인이다.

기록을 살펴보면 그들은 가재도구를 챙길 틈도 없었다. 겨우 옷가지 몇 벌과 밥그릇, 숟가락 정도만 챙겨 열차에 태워졌다. 군인들은 그들을 낯선 땅에 그냥 내려놓았다. 가마니가 이불이고 천장이고 집이었다. 몇만 명이 죽었는지 알 수도 없었다. 흙을 판 참호 같은 곳이 집이었고 가마니를 얹어 지붕을 만들어 살았다고 한다. 현지인들이 "먹다 버린 소 내장을 주워 시래기 넣고 끓여" 먹었다. 이곳에 사는 우리들을 조국은 잊었을까? 타지키스탄의 고려인으로 화한 시인은 "나도 버려져 (판지강에) 흘러가기 전에/잃어버린 자식을 찾으러 오는 에미처럼/내게로 오지 않으려는가?" 하면서 이들의 처지를 애통해하고 있다. 연해주에 살던 조선인들은 졸지에 중앙아시아에서 살게 되었고, 사할린 섬에 살던 조선인들은 옴짝달싹하지 못하고 그곳에서 계속 살아가야 했다(사할린에 억류되어 있던 주민이 우리나라에 와서 살 수 있게 된 것은 몇 년 되지 않는다). 사할린 섬, 연해주, 중앙아시아……. 모두 비극의 땅이다. 타지키스탄에 와서 시인은 우리의 아픈 역사를 들춰 보게 된 것이다. 시인은 현지에서 장례[喪事] 풍경을 보고 한 편의 시를 쓴다.

> 참 곱소 고려 글이 아이고 참 곱소
> 치약을 묻힌 붓으로 빨간 천에 그의 이름을 쓴다
> 신 일리야 한글로, 고려 글로 또박또박
> 붓에 치약을 다시 묻히는데
> 까레이스키들, 박수 소리 참말로 곱소!
>
> 까레이스키 네 가족만 사는 동네에 상사가 났다
> 알루미늄 공장에 다니는 아제와
> 간질인 노총각 아들이 먼 동네에서 오고야
> 쌀을 입안에 넣고 염을 하기 시작했다
>
> 허름한 병실 간암 환자, 신 일리야 상사 났소
> 누더기 군용 담요 둘둘 말아
> 병실 밖으로 버려지는 애꾸눈 아제
> 유족들 사정에도 아랑곳없이
>
> — 「객사」 전반부

우리는 그들을 고려인이라고 부르지만 현지에서는 '까레이스키'라고 한다. 고려인의 러시아식 발음이다. 까레이스키 신 일리야가 간암으로 죽고 만다. 신성시해야 할 주검을 병원에서는 쓰레기 취급을 한다. 신 일리야가 소지하고 있던 물통 베개 걸레까지 시체와 함께 누더기 군용 담요에 둘둘 말아 유족은 전기도 안 들어오는 고향 마을로 싣고 간다.

　　숨 거둔 것 확인 못 하고
　　박 마야, 박 스비에타, 신 따냐 물통 베개 걸레 둘둘 말아
　　평평한 침대를 만들어 차에 싣는다

　　비는 황톳길에 퍼붓고
　　비포장도로의 저승길을 밤새 달려서
　　전기도 없는 마을에 죽음이 도착했다
　　마을은 천둥 뭉갠 울음이 폭탄으로 터진다

　　태어나서 처음 고운 한글로 쓰인 일리야 이름
　　고운 고려 글로 아제를 덮었다
　　이제는 산처럼 강처럼 그렇게 조국에 붙어서 살라고
　　우리는 아제를 모슬렘 땅 한 귀퉁이에 묻었다

　　　　　　　　　　　　　　　　　　　　　　─「객사」 후반부

131

치약을 묻힌 붓으로 신 일리야라는 이름을 빨간 천에 쓴 사람은 시인 본인이 아니었을까. 그런데 그의 이름이 한글로 쓰인 것이 이때가 처음이었다고 한다. 소련은 강제이주를 시킨 이후 고려인 2세들이 한글을 모르게, 학교에서는 철저히 금지하였다. 공산당국은 애국심의 뿌리를 뽑으려고 중앙아시아 지역에서 자라난, 그리고 그곳에서 태어난 모든 아이들에게 러시아어와 현지의 언어만 가르쳤다. 민족정신 말살정책을 편 소련은 한글 교재를 절대로 찍지 않았다. 하지만 1세대는 김치를 먹었고 아리랑을 불렀다. 이름은 현지인식으로 지어도 성을 갈지는 않았다.

동생이 아파서 병원에 입원했어요 죽어 버렸으면!
늙은 새 아빠가 들어왔어요 일주일에 한 번씩 오더니
요즘 발걸음이 뜸해졌어요
전 일학년에 입학했어요
이제 방 안에 갇혀서 김치 장사를 나간 할머니와 엄마를
기다리는 시간이 어렸을 때보다 많이 줄었어요 겨울에
전기가 없을 때 방 안에서 걸어 놓은 한국 달력
그림을 가지고 놀았어요
한복 입은 여자들에게 아이가 있을까? 그 아이들은 무
엇을 할까? 그 여자들의 딸이 되어 사는 상상들, 내가 커
서 예쁜 한복을 입고 비행기로 떠나는 그런 온갖 상상을
하다 보면 무서운 시간이 덜 지루했어요

달력이 드라마가 되었어요

– 「고려인 4세」 부분

고려인 4세 소녀의 참으로 딱한 이야기가 펼쳐지고 있다. 아이는 방에서 김치 장사를 나간 할머니와 엄마를 기다린다. 한국 달력 속의 한복 입은 여자들을 보면서 이 생각 저 생각에 잠긴다. "내가 커서 예쁜 한복을 입고 비행기로 떠나는 그런 온갖 상상을 하다 보면 무서운 시간이 덜" 지루하기도 했다. 아이는 과연 커서 증조할머니, 증조할아버지가 떠나온 조국, 대한민국에 가 볼 수 있을까?

그런데 제2부의 시 중에서 타지키스탄을 공간적 배경으로 한 시는 사실 그다지 많지 않다. 체류기간은 더 짧은 아프가니스탄을 배경으로 한 시가 압도적으로 많다. 왜 그럴까? 바로 분쟁 지역이기 때문이다. 총성이 매일 울리는 땅, 남녀노소가 수도 없이 시체 혹은 피난민이 되는 땅, 무슬림의 땅 아프가니스탄에서 시인은 무엇을 본 것일까.

아프가니스탄전쟁은 2001년 미국의 아프가니스탄 침공 이후에 발생한 전쟁이다. 지금까지도 계속되고 있어 베트남전쟁 이후 역사상 가장 긴 전쟁으로 미국은 분류하고 있다. 전쟁 초기의 목표는 알카에다를 해체하고 탈레반 정권을 축출하는 것이었다. 하지만 20년 동안 끄니 다들 지쳤다.

2012년 5월에 NATO 지도자들은 군대 철수를 지지, 유엔지원 평화회담이 정부와 탈레반 사이에 시작되었다.

2014년 5월, 미국은 주요 작전이 2014년 12월 종료된다는 것과 잔여 병력을 아프가니스탄에서 철수한다고 선언했다. 2014년 10월, 영국군이 헬만드 주에 있는 마지막 기지를 아프가니스탄군에 인계했고, 이것은 영국군 전투가 공식적으로 종료했음을 의미했다. 2014년 12월 28일, NATO는 공식적으로 아프가니스탄에서 국제안보지원군 전투 작전권을 종료했고, 아프가니스탄 정부에 완전히 책임권을 인계했다. 하지만 아프가니스탄에는 지금도 만 명이 넘는 외국군이 주둔하고 있다. 미군 철수는 계속 보류되다가, 2021년 7월 현재 미군들이 철수하고 있다. 영국과의 3차에 걸친 전쟁에 이어 14년간 러시아와의 전쟁, 20여 년 동안 미국과 탈레반의 전쟁으로 인해 아프가니스탄은 초토화되었다. 미국의 전쟁 하차에 따라 아프가니스탄은 다시 탈레반 세상이 되어가고 있다. 그간 4,000명 이상 UN군과 민간인 접촉자들이 사망했고, 1만 5,000명 이상 아프가니스탄 군인이 전사했다. 민간인도 3만 1,000명 이상이 사망했다.

마음이 아플 때는 모든 내장이 자리를 비운다
커다랗고 무거운 눈이 그 자리로 들어간다

모든 눈들이 모여든 강의실
네가 쓰고 있던 피 묻은 히잡

이제 소름 돋아
아무도 어여쁘다 만져 주지 못할 네 눈

이곳에 몰려온 카메라들이
모두 내장을 비우자
죽음이 사진으로 들어간다

카불에서 300명의 사상자 발생
하자라 여학생들이 있는 강의실에 폭탄 테러

슬픔은 위대한 눈을 하나쯤 남겨 둔다
　　　　　　　　　　　　　　　　　　 －「TOLO 뉴스」 전문

　아프가니스탄발 뉴스를 TOLO News라고 하는데 수도
카불에서 300명의 사상자가 발생했다고 한다. 그것도 하
자라 여학생들이 있는 강의실에 폭탄 테러로! 이 시의 눈,
"커다랗고 무거운 눈", "아무도 어여쁘다 만져 주지 못할
네 눈", "위대한 눈"은 죽은 여학생들의 눈일까. 그들을 바
라보는 외신기자 카메라의 눈일까. 이 모든 비극을 본 하
나님의 눈일까. 이들을 본 시인의 눈일지도 모른다. 가즈
니 시의 참상에 한국전쟁의 참상이 오버랩 된다.

물방울이 잔뜩 고인 내 목소리 언저리에
후두둑 돋고 있는 빗방울
들녘에 뒹구는 여름날의 가을 잎들
공포와 슬픔이 엉겨붙은 엄마의 마음에 기대어
난 엄마와 산길을 내려간다

산 아래 내려다보이는 아버지의 안부
안부에서 두려움이 연기로 피어오르고
불길이 치솟는 마음 하나
툭 튀어 오르는 전쟁
우린 밤새 산길을 걸어 마을에 도착하고
우리를 반기는 이 아무도 없는 모스크에서
누룩 없는 빵을 먹는다 아버지는 없다

아버지는 죽었거나 싸우거나 다리가 잘렸을 텐데 우린
여기서 울며 하늘을 난다 모스크의 밤이 열 밤을 지나는
사이 우리는 유튜브에 알려졌지만 우리를 꺼 버리는 인류
의 손가락만 바쁘게 지나간다

—「가즈니」부분

각주를 보니 가즈니 시에는 하자라족이 주로 거주하고
있는데 탈레반의 공격으로 도시가 포위되거나 공격당한
적이 있었다고 한다. 해설자에게는 산길을 내려온 모녀가

한국전쟁 당시의 피난민같이 느껴진다. 시인이 태어나기도 전에 일어난 전쟁인데 말이다. 한국전쟁은 1953년에 일단 끝났지만 지금까지도 휴전 중이고, 이곳 가즈니 시는 전쟁 중이다. 이 땅의 아버지도 죽었거나 싸우거나 다리가 잘렸다. 아프가니스탄에서 보고 들은 전쟁의 참상이 시집 곳곳에 펼쳐져 있다.

지난 며칠 동안 온 도시에 연기가 가득하고
탈레반이 그 지역을 장악했다는 뉴스를
수용소 바깥에 노숙하면서 들었어요

　　　　　　　　　　　　　　　　　－「기다림」 부분

아이가 위독해서 나가야 해요
울부짖는 어떤 가장이 소리 없이
도망쳐 나가는 것을 익힐 즈음
아이가 죽었어요

지옥을 들고 온 이들이 천국을 물어요
덜렁덜렁 떨어지는
천국은 이복동생처럼 생소해요

　　　　　　　　　　　　　　　　　－「국경에서」 부분

전쟁은 군인만 죽게 하지 않는다. 어떤 집에서는 가장

이 죽고 어떤 집에서는 아이가 죽는다. 부자가, 모자가 같이 죽기도 한다. 남은 가족은 난민이 된다. 화자는 한국에서 병자였다. 난민이었다. 화자의 처지와 요양병원으로 실려 가는 할머니의 처지가 같다. "신경을 건드리며 눈, 내장까지 썩어 가는 동안/얼굴에 패인 깊은 웅덩이/할머니가 부엌에 들어왔다//썩은 물을 흘리는 나를 닦아/수건으로 싸서 장롱 안에 넣는다//쓰레기가 된 나를 예쁘게 처넣는다"(「난민 1」)는 구절을 보니 돌아가신 내 할머니와 외할머니의 마지막 모습이 떠올라 가슴이 아프다. 한국에서의 나날을 회상해 본 시가 있다.

> 온 거리에 최루탄이 터지고
> 온몸에 담긴 기침과 산산조각 난 화염병
> 아직도 멀리서 튀어나와 머리를 칠 것 같은
> 백골단들의 모습이 어른거리고
> 초췌해진 선배와 후배의 얼굴들
> 불안과 두려움으로 도망친 옥상 위에 말하는 노을이
> 지고
>
> — 「어떤 예배」 부분

이런 나날을 시인이 보낸 것인가. 사실상 1980년대는 대학가가 해마다 이런 풍경이었다. 민주화 투쟁이 전쟁이었는데 "이국 땅에서/전쟁을 피해 나온 사람들이/모여 예배를 드린다"고 했으니, 이곳도 살벌한 전쟁터다. "나의 일생으로 아프가니스탄 사람들의 하루를 읽는다"(「독서」)는 구절에 잘 나타나 있듯이 선교는 목적이 뚜렷하다. 시인은 "갓 태어난 아이도 세상을 터득하는/전쟁은 누구의 것도 아닌 내 것인데/내 전쟁을 내 맘대로 그칠 수 없다"(「난민 2」)고 아프게 고백한다. 피해 갈 수 없는, 불가항력적인 전쟁이라는 것. 전쟁 때문에 몸 다치고 마음 상한 이들을 위해 사역을 하고 있는 것이려니. 다음 시에서는 선교사가된 이유를 보다 확실히 표명하고 있다.

나는 처음으로 살아 내는 시간이지만
당신 마음 안에 나는 수천 번 수만 번 살아
당신 마음 안에 내가 무엇으로 그려지는지
무슨 음률로 퍼져 나갔는지
밤새 당신이 쓴 시를 읽고 읽으며
당신을 들어도

새벽에 내가 발견한 마음 하나는
종일 눈물로 보낸 내 마음 하나뿐

— 「일치」 전문

이 시에서 '당신'은 하나님이다. 하나님과의 일치를 위하여 밤새 당신이 쓴 시를 읽고 또 읽었다. 그것은 복음이었고 하나님의 말씀이었다. 하나님의 마음이었다. 화자는 눈물로 자신의 영혼을 정화시킨 후에 타지키스탄으로 갔던 것이다. 그들은 남이 아니었다. 우리였다. 인류 공동체의 일원이었고 하나님의 어린 양이었다. 하느님의 복음을 전해야 할, 무슬림이었다.

　　길 위에서 아프간 사람들을 만났다
　　전쟁병을 시퍼렇게 앓는다

　　말이 우리를 잇는 동안
　　우리는 마음을 걷는다
　　마음을 달리는 동안
　　말이 걷는다

　　말을 걷어 내고 맨 바닥에 앉아서
　　서로를 복사한다

　　마음이 서로를 짓는 사이
　　마음 안에 이야기가 산다

－「우리」 부분

　설사 말이 안 통하더라도 이심전심, 마음이 통하면 서로를 복사할 수 있다. 마음으로 대화를 나눌 수 있다. "서로를 흙으로 덮으며" "서로에게 스며든다"고 의미심장하게 말했는데, 모두 다 외롭기 때문이다. 다들 가난하기 때문이다. "가난은/고독을 배우는 여정을 닮았"(「가난」)다고 한다. 선교단체에서 보내 주는 약간의 돈으로 호구를 해결하면서 선교사는 가난한 이들, 바로 이 아이들에게 복음을 전했던 것이다. "난 고독을 뽑으며 자라는 숲이 되어 가고 있지요"라는 「가난」의 마지막 연이 가슴을 친다.

시집의 제3부는 자신의 성장기 때의 이야기가 주축을 이루고 있다. 어머니에 대한 회상기가 여러 편의 시에 나온다.

해마다 오월이 오면
단 한 번만이라도 얼굴 부비고
따뜻한 밥 한 그릇 차려 주고 싶어 하던 엄마
소박한 엄마를 투사로 만들었던 죽음
— 「십자가와 광주」 부분

노을이 시를 쓰는 초저녁
수레로 과일 행상을 하는 엄마
난 수레에 잠시 걸터앉지만
아버지가 걱정되어 또 집으로 들어온다
— 「사는 이유」 부분

엄마가 문 밖으로 뛰쳐나가 엄마 집을 묻는 사이
스무 번을 뛰쳐나가는 엄마에게 열 번 정도 화를 내는 나
요양 병원에서 내 손을 붙잡고 끝내 터트리는
세 살이 된 엄마의 불안과 슬픔

엄마는 갯벌에서 올라온 다리 잘린 게처럼
세상을 견디다 다시 갯벌로 들어간다

—「외출」부분

　3편의 시를 통해 시인은 어머니의 일생을 이렇게 정리
해 보았다. 외국에 가서도 생각나는 어머니, "내가 품은 엄
마의 이야기는 들판에서도 자라고/집에서도 자라고 강가
에서도 자라고/낯선 이국땅에서도 담을 넘으며 무럭무럭
자랐다"(「자라는 이야기」)고 한다. 사모곡을 부르다 어느새
시인은 사목의 길로 나선다.

아무도 읽어 주지 못한 엄마의 저녁
아무도 보듬어 주지 못한 엄마의 노동

긴 세월 자라
엄마도 없는 이 자리

다 자란 슬픔

다 큰 시간

엄마가 아직도 자라나는 내 형제의 마음속

–「다 자란 슬픔」 전문

다 자란 슬픔을 승화시키는 방법으로 뭐가 있을까? 나를
위한 삶이 아닌 타인을 위한 삶? 무슬림을 하나님 앞으로
인도하는 것은 과연 쉬운 일일까? 어느 날 시인을 방문한
이가 있었다.

초저녁 옥탑방에서 일어난 일
파스칼에게 찾아왔던 그분이 내게 왔다
빛 가운데 빛이 눈부시게 빛나고
많은 물소리 같은 성스러운 목소리로
내 이름을 불렀다
나는 놀라 무릎을 꿇고 고개를 숙였다
'아브라함의 하나님 야곱의 하나님'

–「1995년 2월 9일」 부분

이날 이후 박연수 시인의 삶은 달라진 모양이다. 사역
을, 그것도 외국에 가서 사역을 하게 되었으니 삶의 양상
이 완전히 바뀐 것이다. 외국에서의 삶이 얼마나 고달팠는
지는 알 수 없지만 「무슬림 집시」, 「벙어리 풍경」, 「눈물 110

도」, 「문장의 영혼」, 「누추한 옷이 자연이 되는 자리」, 「일치를 잃었다」, 「절망 읽기」 같은 시를 보면 고난의 편린이 조금씩 느껴진다. 기도를 할 수 없었더라면 그 긴 고난의 세월을 견딜 수 없었을 것이다.

독자와 함께 마지막으로 읽고 싶은 시가 2편 있다. "너의 아픔이 이렇게 세차지 않기를 기도한다"는 구절이 있는 「기도」와 "내 마음이 된 당신 마음"이라는 구절이 있는 「사랑」이다.

> 수만 번 마주 본 당신 마음
> 내 발에 깃든 당신 마음
> 내 마음이 된 당신 마음
>
> 내 마음을 수만 번 만지는 당신 마음
> 당신 행동에 사는 내 마음
> 당신 몸에 사는 내 마음
>
> ─「사랑」 전문

인간은 사랑을 받기를 원한다. 그러나 사랑은 실천하는 것이며 베푸는 것이다. 받으려고만 해 왔던 자신의 삶을 정리하고 나서 떠난 여행길에 동행하고 싶다. 이제 시인은 그 어느 누구보다 치열하게 실천하는 삶을 꾸려 갈 것이다. 그 평원에서 시도 맹렬히 쓰면서.